AF468752

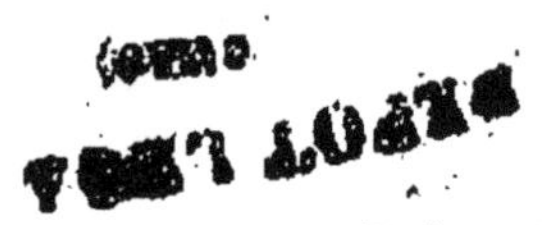

VI

du Bienheureux

SAINT ROCH

CONFESSEUR.

SOMMAIRE :

Messe de Saint Roch. — Litanies. — Antienne. — Antienne à Saint Sébastien. — Prières à Saint Roch, contre la peste et le choléra-morbus. — Remèdes contre la peur du choléra-morbus. — Oraison à Sainte Barbe.

VERDUN. — IMPRIMERIE DE LAURENT.

VIE

DU BIENHEUREUX

SAINT ROCH

CONFESSEUR.

26 Août, 13e siècle.

Le Bienheureux St. Roch, confesseur, naquit à Montpellier en Languedoc, département de l'Hérault, de parents nobles, riches et Seigneurs de la ville. Son père s'appelait *Jean Roch*, et sa mère *Libère*. On dit qu'il apporta du sein de sa mère une croix rouge sur son corps. Dès son enfance il montra une grande inclination pour la vertu : car à l'âge de douze ans il commença à mortifier son corps par des jeûnes et des pénitences, et dompta ses passions et ses sentiments. Ses parents étant décédés, il vendit tout ce qu'il put des biens qu'il avait, et en donna l'argent aux pauvres, prenant l'habit du Tiers-Ordre de Saint François. Il laissa le gouvernement de sa seigneurie à son oncle : quittant sa patrie, sa maison, ses parents et ses amis, il s'en alla en Italie habillé en pauvre pèlerin, pour visiter les saints lieux de Rome. Il arriva à Aiguependante, où il trouva plusieurs personnes frappées de la peste. Il s'en alla droit à l'hôpital et se mit avec l'administrateur nommé *Vincent*, pour servir les pauvres, faisant le signe de la croix sur leurs pestes et leurs charbons, dont ils furent tous guéris.

Il lui en arriva autant à Rome, Césanne, Plaisance et dans d'autres villes d'Italie, où il guérit avec le signe de la croix plusieurs personnes qui étaient frappées de la peste, dont ceux qui le voyaient étaient émerveillés; et ceux qui recevaient guérison ne le pouvaient assez remercier. Néanmoins, de peur qu'il ne se glorifiât des merveilles que Dieu opérait par lui, pour accroître sa couronne par la patience, et lui faire avoir plus de compassion pour son prochain, parce qu'il souffrirait lui-même : Notre Seigneur l'avertit qu'il serait travaillé d'une grande fièvre ardente, et permit qu'il fût frappé d'une flèche au travers de la cuisse.

Saint Roch supporta ce mal avec une joie et une patience admirables. Etant guéri, il prit la résolution de retourner en son pays dans le même état qu'il en était sorti. Dans sa route, il fut attaqué d'une nouvelle maladie à Plaisance, infecté de la peste. Roch fut contraint de sortir de la ville pour ne pas infecter les autres; il se retira seul dans un bois et se coucha seul sous un arbre, inconnu aux hommes, mais chéri et consolé de Dieu, et pour montrer qu'il n'abandonne jamais les siens, et le soin qu'il en a, fit que le chien d'un gentilhomme voisin nommé *Gothart*, lui apportât tous les jours un pain de la table de son maître, ce qui suffit pour le nourrir.

Enfin Roch retourna à la ville de Montpellier, qu'il trouva dans une grande agitation, et toute la Province sous les armes. Le peuple qui vit le saint en cet habit, le prit pour un espion. Il fut mis en prison, sans que son oncle le reconnut; aussi ne se fit-il pas reconnaître à lui, se laissant outrager par ses propres sujets, étant bien aise d'endurer pour notre Seigneur. Il demeura cinq ans dans cette prison avec une constance admirable, au bout desquels il fut frappé de la peste; et sentant la fin de son pèlerinage approcher, il se munit des saints Sacrements de l'Eglise, et se prépara à la mort. Avant que de rendre son âme à Dieu, il le supplia affectueusement, et d'après une inspiration divine, que tous ceux qui seraient frappés de la contagion, et qui l'invoqueraient et le prendraient pour intercesseur, en fussent guéris et délivrés.

Le Saint mourut l'an 1327, âgé de 32 ans. Après sa mort, on trouva sur son corps un écrit apporté par un ange, qui contenait ces mots : *Ceux qui seront frappés de la peste, et qui imploreront la faveur de saint Roch, en seront guéris.* Cela fit connaître à son oncle quel était celui qu'il avait si longtemps retenu prisonnier et traité comme un espion : il fit enlever le corps Saint de son neveu avec un extrême regret solennellement dans l'Eglise. Depuis ce temps-là, le peuple a toujours eu pour Roch, une grande dévotion, comme pour un *saint* : l'invoquant dans toutes ses tribulations, spécialement dans toutes les maladies contagieuses de la peste.

Son oncle lui fit bâtir une belle église, où comme en plusieurs autres endroits, Dieu a fait de grands miracles par l'intercession et les grands mérites de saint Roch, les maladies pestilentielles cessant en même temps qu'on l'avait réclamé.

Ces nombreux bienfaits qu'on obtenait

de l'intercession de St. Roch, firent croître la dévotion du peuple. Cette dévotion s'augmenta encore davantage, par ce qui arriva dans la ville de Constance l'an 1414, lorsque le Concile y était assemblé, tout le pays étant infecté de la contagion de la peste. On fit une procession en l'honneur du Saint, dans laquelle on porta son image, et aussitôt la maladie cessa. En plusieurs autres lieux, on a expérimenté cette faveur du Saint, et l'efficacité de son intercession auprès de Notre Seigneur pour apaiser la colère de Dieu, et pour conserver les villes et les villages. Son corps fut transporté dans la ville de Venise, l'an 1485, où il fut reçu avec une allégresse et une solennité incroyables : on y fit bâtir une église en son nom. Son corps Saint est à présent honoré avec une grande dévotion de tous les habitants de la ville et des environs.

MESSE

DE SAINT ROCH.

Introitus.

BENIGNUS et misericors est Dominus, patiens et multæ misericordiæ; (*Tem. Pasch.* Alleluia.)* et præstabilis super malitiâ. (*Tem. Pasch.* Alleluia alleluia.) *Psalm.* In te, Domine, speravi, non confundar in æternum: * In justitiâ tuâ libera me. (Benignus.) Gloria Patri. Benignus.

Introït.

DIEU est compatissant, il est patient et riche en miséricorde. (*Tempor. pasc.* Allel.) Il est assez miséricordieux pour vous délivrer des maux dont il vous menace. (*T. P.* Alleluia, alleluia.) C'est en vous, Seigneur, que j'ai espéré, ne permettez pas que je sois confondu pour jamais et délivrez-moi selon votre justice. Dieu et Gloire au Père. Dieu est.

Oratio.

Subveniat nobis quæsumus, Domine, beati Rochi apud te intercessio; quæ et iræ tuæ flagella à nobis avertat, et tuæ nos reconciliet majestati : Per Dominum.

Oraison.

Nous vous prions, Seigneur, que l'intercession du bienheureux St. Roch nous soit favorable auprès de vous ; qu'elle détourne de nous les fléaux de votre colère et qu'elle nous réconcilie avec votre Divine Majesté : Par N. S. J. C.

Lectio Libr. Sapientiæ.

In diebus illis; properans homo sine querelâ deprecari pro populo, proferens servitutis suæ scutum, orationem et per incensum deprecationem allegans restitit iræ, et finem imposuit necessitati ostendens quoniam tuus est famulus. Vicit autem turbas, non in virtute corporis, nec armaturæ potentiâ ; sed verbo illum qui se vexabat, subjecit, juramenta parentum et testamentum commemorans. Cùm enim jam acervatim cecidissent super alteru-

Leçon du livre de la sagesse.

Aaron, homme irrépréhensible se hâta d'intercéder pour le peuple que vous aviez commencé d'exterminer. Il vous opposa le bouclier de son ministère saint, et sa prière montant vers vous avec l'encens qu'il vous offrait, il fit cesser cette dûre plaie, et fit voir qu'il était votre véritable serviteur. Il n'apaisa point ce trouble par la force du corps ni par la puissance des armes ; mais il arrêta l'ange exterminateur par sa parole, en lui représentant trum mortui, interstitit, etamputavit impetum et divisit illam, quæ ad vivos ducebat viam.

les promesses que Dieu avait faites à leurs pères avec serment et l'alliance qu'il avait jurée avec eux. Lorsqu'il y avait déjà des monceaux de morts qui étaient tombés les uns sur les autres, il se mit entre eux : il arrêta la vengeance de Dieu, et il empêcha que le feu ne passât à ceux qui étaient encore en vie.

Graduale.

Orabat Dominum Deum suum, dicens : Cur, Domine, irascitur furor tuus contrà populum tuum? Esto placabilis super nequitia populi tui. ℣. Placatus est Dominus, ne faceret malum quod locutus fuerat adversus populum suum.

Orabat.

Alleluia, Alleluia.

℣. Stans inter mortuos ac viventes, pro populo deprecatus est, et plaga cessavit.

Alleluia.

Graduel.

Moïse conjurait le Seigneur son Dieu, en disant : Seigneur pourquoi votre fureur s'allume-t-elle contre votre peuple? Que votre colère s'apaise et laissez-vous fléchir pour pardonner à l'iniquité de votre peuple. Alors le Seigneur s'appaisa pour ne point faire à son peuple le mal dont il venait de parler.

Moïse conjurait.

Louez le Seigneur, louez le Seigneur.

℣. Aaron se tenant debout entre les morts et les vivans, il pria pour le peuple et la plaie cessa.

Louez le Seigneur.

Après la Septuagésime on ne dit point Alleluia.

On dit :

Tractus.

Irritaverunt Deum in adinventionibus suis, et multiplicata est in eis ruina. Stetit et placavit, et cessavit quassatio. Et reputatum est ei in justitiam, in generationem et generationem.

Trait.

Les Israélites irritèrent le Seigneur par leurs œuvres, et il en périt un grand nombre. Phinée s'opposa à leur impiété; il apaisa la colère du Seigneur et il fit cesser la plaie dont Dieu les avait frappés. Et ce zèle a vengé l'injure faite à Dieu, et lui a été imputé à justice pour toujours, et dans la suite de toutes les races.

Dans le Temps Pascal, au lieu du Graduel,

On dit :

Alleluia, Alleluia.

℣. Stans inter, etc. Alleluia, Alleluia.

℣. Neque herba, neque malagma sanavit eos; sed tuus, Domine, sermo, qui sanat omnia. Alleluia.

Louez le Seigneur. Louez le Seigneur.

℣. Aaron, etc.

℣. Ce n'est point une herbe, ou quelque chose appliquée sur leur mal qui les a guéris, mais c'est votre parole, ô Seigneur, qui guérit toutes choses. Louez le Seign .

Prosa.

Tollit se cum strepitu,
Et perit cum sonitu
Impiorum gloria.

Statim vita rapitur;
Una terrâ conditur
Corpus et memoria.

Contra, vivi latuit
Et defuncti claruit
Rochi sanctimonia.

Dum laborat, contegit;
Ut perfecit, relegit
Opus suum gratia.

A Deo, vox populi:
Crebi vox miraculi
Deum testem asserit.

Prose.

La gloire des impies s'élève avec un éclat fastueux; mais elle périt avec fracas.

En un instant la vie leur est ravie, leur mémoire est ensevelie avec leurs corps dans le même tombeau.

Par une disposition contraire la sainteté de saint Roch a été méconnue de son vivant et elle n'a éclatée qu'après sa mort.

La grâce quand elle agit cache ses opérations dans les saintes obscurités de l'humilité, mais elles les produit au grand jour quand elles ont reçu le sceau de la perfection.

La voix des peuples inspirés divinement et l'éclat des nombreux miracles de St. Roch, ont fait connaître combien cet humble serviteur était agréable aux yeux de Dieu.

Quam mensurant merita; Decet merces reddita, Qualis Rochus vixerit.	Cette glorieuse récompense a fait connaître quelle était la grandeur des mérites de St. Roch, et quelle vie digne de Dieu il a menée sur la terre.
Quod jam metit splendidus, Seminavit pavidus, Lacrymis, sudoribus.	Roch a semé dans la crainte du Seigneur, dans les larmes et dans les travaux de la pénitence, la moisson de gloire qu'il recueille aujourd'hui.
Quos beatus respicit, Ægris œger didicit Subvenire fratribus.	Attaqué lui-même de la peste, il a appris à compatir avec charité aux malheurs de ceux qui en sont atteints, et heureux près de Dieu, il jette un regard favorable sur eux.
Et datas referimus, Et optatas petimus Per te, Christe, gratias.	Nous vous remercions, ô mon Dieu, par N. S. J.-C., des grâces dont vous nous avez comblés, nous vous demandons encore celles dont nous avons besoin dans nos tribulations.
Peste pejus vitium, Pestis et contagium Procul abhinc facias.	Eloignez de nous, Seigneur, les vices qui sont encore plus à craindre

Amen.

que la peste : Eloignez la contagion et l'épidémie qui désole notre patrie. Ainsi soit-il.

Sequentia sancti Evangelii secundum Matthœum.

Évangile selon Saint Matthieu.

In illo tempore; Duodecim Apostolos misit Jesus, dicens : Infirmos curate, mortuos suscitate, leprosos mundate demones ejicite : gratis accepistis, gratis date. Nolite possidere aurum neque argentum, neque pecuniam in zonis vestris : non peram in viâ, neque duas tunicas, neque calceamenta, neque virgam; dignus enim est operarius cibo suo.

En ce temps-là, Jésus envoya ses douze Apôtres avec les ordres suivants : Rendez la santé aux malades. Ressuscitez les morts, guérissez les lépreux, chassez les démons. Vous avez reçu gratuitement. Ne possédez ni or ni argent, et ne portez aucune monnaie dans vos ceintures. Quand vous vous mettrez en chemin, n'ayez ni sac, ni bâton. Car celui qui travaille mérite d'être nourri.

Offertorium.

Offertoire.

Dixit Dominus ut disperderet eos, si non electus ejus stetisset in confractione, ut aver-

C'est pourquoi Dieu avait résolu de les perdre, si Moïse, qu'il avait choisi, ne s'y fut opposé teret iram ejus, ne disperderet eos. (*Tem. P.* Alleluia.)

en brisant le veau d'or, pour détourner sa colère et empêcher qu'ils ne les exterminât. (*T. P.* Louez le Seigneur.)

Secreta.

Deus, qui dixisti, percutiam, et ego sanabo; interventu beati Rochi oblationes nostras placatus suscipe, ut ab omnis mentis et corporis contagione liberemur : Per Dominum.

Secrète.

Seigneur, qui avez dit : Je frapperai et je guérirai, daignez recevoir favorablement nos offrandes par l'intercession du bienheureux St. Roch, et délivrez-nous de la contagion de l'âme et du corps : Par N. S. J.-C.

Communio.

Invocavit Dominum, et exaudivit eum; præcepitque Dominus Angelo, et convertit gladium suum in vaginam. (*Temp. Pasc.* Alleluia.)

Communion.

David invoqua le Seigneur, et le Seigneur l'exauça : Alors Dieu commanda à l'Ange de remettre son épée dans le fourreau; ce qu'il fit. (*Temps Pasch.* Louez le Seigneur.)

Postcommunio.

Tuere nos, quæsumus Domine, per tua dona,

Postcommunion.

Défendez-nous, Seigneur, par vos dons que

quæ sumpsimus; et intervention beati Rochi, ab omni nos contagioso morbo defende : Per Dominum.

nous venons de recevoir, et par le bienheureux St. Roch, délivrez-nous de toute maladie contagieuse : Par N. S. J.-C.

In nomine Patris et Filii et Spiritus Sancti.

Amen.

LITANIES

DE

SAINT ROCH.

Kyrie eleison.	Seigneur, ayez pitié de nous.
Christe eleison.	Jésus, ayez pitié de nous.
Christe audi nos.	Jésus, écoutez-nous.
Christe exaudi nos.	Jésus, exaucez-nous.
Pater de cœlis Deus, miserere nobis.	Père céleste qui êtes Dieu, ayez pitié de nous.
Filii Redemptor mundi Deus, miserere nobis.	Fils, Rédempteur du monde, qui êtes Dieu, ayez pitié de nous.

Spiritus Sancte Deus, miserere nobis.	Esprit saint, qui êtes Dieu, ayez pitié de nous.
Sancta Trinitas unus Deus, miserere nobis.	Trinité sainte, qui êtes un seul Dieu, ayez pitié de nous.
Sancta Maria, ora pro nobis.	Sainte Marie, priez pour nous.
Sancte Roche, ora pro nobis.	Saint Roch, priez pour nous.
Sancte Roche, serve Dei fidelis, ora pro nobis.	Saint Roch, fidèle serviteur de Dieu, priez pour nous.
Sancte Roche, amator immaculatæ Virginis, ora pro nobis.	Saint Roch, amateur de la Vierge immaculée, priez pour nous.
Sancte Roche, Angelorum et Archangelorum famule, ora pro nobis.	Saint Roch, serviteur des Anges et des Archanges, priez pour nous.
Sancte Roche, Patriarcharum cultor inclyte, ora pro nob.	Saint Roch, qui avez tant honoré les Patriarches, priez pour nous.
Sancte Roche, prophetarum Dei sodalis, ora pro nobis.	Saint Roch, compagnon des Prophètes du Très-Haut, priez pour nous.
Sancte Roche, Apostolorum imitator optime, ora pro n.	Saint Roch, excellent imitateur des Apôtres, priez pour nous.
Sancte Roche, sanctis Martyribus annumerande, ora p. n.	Saint Roch, digne d'être compté parmi les Martyrs, priez pour nous.
Sancte Roche, Confessoribus clarissi-	Saint Roch, digne d'être associé aux plus illus-

mis associande, ora pro nobis.	tres Confesseurs, priez pour nous.
Sancte Roche, Virginibus purissimis æquiparande, ora.	Saint Roch, non inférieur aux vierges les plus pures, priez pour nous.
Sancte Roche, cum sanctis omnibus glorificande, ora p. n.	Saint Roch, qui êtes glorifié avec tous les saints, pricz pour nous.
Sancte Roche, asylum ad te recurrentium, ora pro nobis.	Saint Roch, asile de ceux qui ont recours à vous, priez pour nous.
Sancte Roche, robur peregrinantium, o. pro nobis.	Saint Roch, force des voyageurs, priez pour nous.
Sancte Roche, custos fidelium, ora pro nobis.	Saint Roch, gardien des fidèles, priez pour nous.
Sancte Roche, desiderium miserorum, ora pro nobis.	Saint Roch, espoir des misérables, priez pour nous.
Sancte Roche, exultatio populorum; ora pro nobis.	Saint Roch, allégresse des peuples, priez pour nous.
Sancte Roche, fortitudo gentium, ora.	Saint Roch, force des nations, priez pour nous.
Sanete Roche, gaudium christianorum ora pro nobis.	Saint Roch, joie des chrétiens, priez pour nous.
Sancte Roche, hostis demonum, ora pro.	Saint Roch, ennemi des démons, priez pour n.
Sancte Roche, imago virtutum omnium, ora pro nobis.	Saint Roch, modèle de toutes les vertus, priez pour nous.

Sancte Roche, lucerna desolatorum, o. pro nobis.	Saint Roch, flambeau des affligés, priez pour nous.
Sancte Roche, mediator Dei et hominum, ora pro nobis.	Saint Roch, médiateur entre Dieu et les hommes, priez pour nous.
Sancte Roche, nostrarum profligator calamitatum, ora.	Saint Roch, qui dissipez nos calamités, priez pour nous.
Sancte Roche, patrone derelictorum, ora pro nobis.	Saint Roch, patron des délaissés, priez pour nous.
Sancte Roche, quies omnium infirmorum, ora pro nobis.	Saint Roch, soulagement de tous les infirmes, priez pour nous.
Sancte Roche, refugium peccatorum, ora pro nobis.	Saint Roch, refuge des pécheurs, priez pour nous.
Sancte Roche, spes languentium, ora pro nobis.	Saint Roch, espérance des languissans, priez pour nous.
Sancte Roche, tutela debilium, ora p. n.	Saint Roch, protecteur des faibles, priez p. n.
Sancte Roche, vita morientium, ora.	Saint Roch, vie des mourants, priez pour nous.
Per vitæ tuæ sanctæ merita, intercede pro nobis.	Par les mérites de votre sainte vie, intercédez pour nous.
Per diuturnos labores tuos intercede p. n.	Par vos longs travaux, intercédez pour nous.
Per multiplices austeritates tuas intercede pro nobis.	Par vos nombreuses austérités, intercédez pour nous.

Per laboriosas vigilias tuas, intercede p. n.	Par vos veilles laborieuses, intercédez p. n.
Per assidua jejunia tua, intercede p. n.	Par vos jeûnes continuels, intercédez pour nous.
Per indefessas peregrinationes, intercede pro nobis.	Par vos infatigables pélerinages, intercédez pour nous.
Per longanimem in morbo patientiam tuam, intercede p. n.	Par votre constante patience dans la maladie, intercédez pour nous.
Per duram incarcerationem tuam, intercede pro nobis.	Par votre dur emprisonnement, intercédez pour nous.
Per eximiam humilitatem tuam, inter.	Par votre admirable humilité, intercédez p. n.
Per specialem tuam apud sanctos Angelos fiduciam, intercede pro nobis.	Par votre confiance toute spéciale aux saints Anges, intercédez pour nous.
Pes indicibilem tuam ad omnes cives super nos affectionem, intercede pro nobis.	Par votre inexprimable affection pour tous les citoyens des cieux, intercédez pour nous.
Peccatores, te rogamus audi nos.	Pécheurs, nous vous prions, exaucez-nous.
Ut a nobis omne malum removere digneris, te rogamus audi nos.	Que vous éloigniez de nous tout mal, nous vous prions, exaucez.
Ut ab omni aeris intemperie liberari tuis precibus mereamur, te rogamus audi nos.	Que vos prières nous délivrent de toute intempérie de l'air, nous vous prions, exaucez-nous.

Ut ab omni angelorum malorum immissione te flagitante, exempti esse possimus, te rogamus audi nos.	Que vos sollicitations nous affranchissent de toute attaque des mauvais anges, nous vous prions, exaucez-nous.
Ut ab omni morbo contagioso, te supplicante, et homines et jumenta, preservare dignetur Omnipotens, te rogamus audi nos.	Que par vos supplications, le Tout-Puissant daigne préserver les hommes et les animaux de toute maladie contagieuse, nous vous prions, exaucez-nous.
Ut in Dei servitio omnis Clerus et populus te orante, salvus et incolumis possit subsistere, te rogamus audi nos.	Que tout le Clergé et le peuple obtienne par vos prières de demeurer sain et sauf dans le service de Dieu, nous vous prions, exaucez.
Agnus Dei qui tollis peccata mundi, parce nobis Domine.	Agneau de Dieu, qui effacez les péchés du monde, pardonnez-nous, Seig.
Agnus Dei qui tollis peccata mundi, exaudi nos, Domine.	Agneau de Dieu, qui effacez les péchés du monde, exaucez-nous Seigneur.
Agnus Dei qui tollis peccata mundi, miserere nobis.	Agneau de Dieu, qui effacez les péchés du monde, ayez pitié de nous.
Christe audi nos.	Jésus, écoutez-nous.
Christe exaudi nos.	Jésus, exaucez-nous.
Cor Jesu sacratissimum, miserere nobis.	Cœur sacré de Jésus-Christ, ayez pitié de nous.

℣. Ora pro nobis Sancte Roche,

℟. Ut mereamur præservari a peste.

℣. Priez pour nous, Saint Roch.

℟. Afin que nous obtenions d'être préservés de la peste.

Oremus.

Deus, qui beato Rocho, per angelum tuum pabula eidem afferentem, promisisti, ut qui ipsum piè invocaverit, a nullo pestis cruciatu læderetur ; præsta, quæsumus, ut qui ejus memoriam agimus, meritis ipsius a mortifera peste corporis et animæ liberemur. Per Christum.

Oraison.

Dieu, qui en nourrissant le bienheureux saint Roch par un ange, lui avez promis que tous ceux qui l'invoqueraient avec piété, n'auraient rien à souffrir de la peste, puisque nous recourons à son intercession, accordez-nous, s'il vous plaît, d'être préservés, par ses mérites, de toute peste mortelle, tant pour l'âme que pour le corps. Par Jésus-Christ.

Vu et permis d'imprimer

Verdun, le 4 juillet 1854.

† LOUIS, Év. de Verdun.

ANTIENNE

A SAINT ROCH.

Nous vous saluons, ô grand saint Roch, issu d'un sang illustre, vous dont le côté gauche a été empreint de l'image de la croix. Vous qui, en vous éloignant de votre patrie, avez reçu de Dieu le don admirable de guérir des maladies et de la peste par votre attouchement salutaire. Nous vous saluons, grand Saint, vous qui avez été ranimé par le souffle de la voix d'un ange, et à qui Dieu a donné le pouvoir de détourner des hommes les fléaux contagieux.

ANTIENNE

A SAINT SÉBASTIEN

Ave, Martyr gloriose, qui jam regnas in superis, et cum sanctis copiosè deliciis perfruaris gementium memineris ut ad æterna gaudia scandamus, ubi properis augentur semper præmia.

Nous vous saluons, glorieux Martyr, du haut du ciel où vous régnez, et du séjour des bienheureux où vous êtes enivré de délices, écoutez nos soupirs, et obtenez-nous d'entrer dans ce séjour des joies éternelles, où les récompenses qu'on reçoit s'augmentent par un bonheur toujours nouveau.

PRIÈRES
A SAINT ROCH
Contre la Peste
ET LE CHOLÉRA-MORBUS.

PRIÈRE A SAINT ROCH.

Je vous salue, ô bienheureux saint Roch, qui descendant d'une illustre origine, avez fixé sur votre cœur le signe auguste de la croix; en vertu de cette faveur puissante que vous avez reçue de Dieu, éloignez de nous les effets pernicieux de la peste, arrêtez les progrès de ce fléau dévastateur, et protégez ceux qui vous invoquent.

℣. Saint Roch, priez pour nous;

℟. Afin que nous soyons préservés de la peste.

ORAISON.

Recevez, Seigneur, avec une tendresse paternelle, votre peuple qui a recours à vous, et faites, par l'intercession de saint Roch, que ceux qui redoutent les fléaux de votre colère obtiennent d'en être délivrés par votre miséricorde; nous vous en prions par N. S. J.-C.

Grand Saint, détournez, nous vous en prions, de dessus nos têtes criminelles les fléaux du Seigneur; préservez, par votre intercession, nos corps des dangers de la peste, et plus encore nos âmes de la contagion des vices et du mauvais exemple; obtenez-nous la salubrité de l'air; mais avant tout la pureté du cœur : aidez-nous à faire un bon usage de la santé, à supporter les maladies avec patience, à chercher surtout la guérison de nos langueurs spirituelles, à vivre comme vous dans les exercices de la pénitence et de la charité, pour jouir avec vous de la gloire et des délices immortelles que vous ont mérité vos vertus.

Ainsi soit-il.

Remèdes

Contre la peur du Choléra-Morbus.

1° Faire une humble et sincère confession de ses péchés, avec un vrai repentir d'avoir offensé Dieu.

2° Vivre dans une grande crainte des Jugements de Dieu, accompagnée d'une douce confiance en la miséricorde et aux mérites de N. S. J.-C.

3° Adorer avec une humilité profonde les desseins de Dieu dans tous les événements, et s'y soumettre avec un religieux abandon.

4° Faire la préparation à la mort de temps en temps sans attendre la maladie.

Quiconque suivra cette règle aura la paix *en cette vie*, etobtiendra miséricorde *en l'autre.*

(Epître aux Galates, ch. 6, ℣. 16.)

ORAISON

A SAINTE BARBE.

O Seigneur Dieu! qui avez élu sainte Barbe pour la consolation des vivants et des mourants, faites que, par son intercession, nous puissions toujours vivre en votre divin amour, et mettre toute notre espérance dans les mérites de votre douloureuse passion, afin que la mort du péché ne nous préoccupe, et que nous puissions être munis des saints Sacrements de Pénitence, de l'Eucharistie et Extrême-Onction, être confortés à l'heure de notre trépas, et sans crainte acheminer à la gloire éternelle; ce que nous demandons par Jésus-Christ notre Sauveur.

Ainsi soit-il.

VERDUN. IMPRIMERIE DE LAURENT.

www.ingramcontent.com/pod-product-compliance
Ingram Content Group UK Ltd.
Pitfield, Milton Keynes, MK11 3LW, UK
UKHW020514230726
13925UKWH00005B/2162

9 782014 461817